_____ 님께

새해에는
좋은 일들이 더 많아지시기를,
행복한 시간들로 더욱 충만하시기를,
365일 건강한 웃음으로
활기찬 나날 되시길 기원합니다.

새해 福 많이 받으세요!

_____ 드림

아침 생각

꽃보다 우체부

샌프란시코의 작은 마을 '로스알데 힐'에
요한이라는 우체부가 살았습니다.
요한은 매일 약 80킬로미터에 달하는 거리를 오가며
우편물을 배달했습니다.
그러던 어느 날,
여느 때처럼 우편물을 배달하던 요한은
모래 먼지가 뿌옇게 이는 도로를 바라보다가
문득 쓸쓸하고 허무한 기분에 빠졌습니다.
'비가 오나 눈이 오나 하루도 빠지지 않고 지났던 길인데,
앞으로도 이 황량한 거리를 오가며
남은 인생을 보내야 하는구나!'
풀 한 포기, 꽃 한 송이 없는 황량한 그 길이

마치 자신의 인생처럼 느껴졌던 것입니다.

그리고 얼마 후,

그는 작은 깨달음을 얻었습니다.

'그래, 이 일이 나에게 주어진 일이라면 즐거운 마음으로

하자. 이 거리도 내가 아름답게 만들어 가면 되는 거지!'

다음 날부터 요한은 일을 시작하기 전에

주머니 가득 들꽃 씨앗을 챙겨 넣었습니다.

그리고 80킬로미터에 달하는 그 길을 오가며

미리 준비한 꽃씨들을 뿌리기 시작했습니다.

매일 오가던 똑같은 길이었지만

꽃씨를 뿌리며 오가는 동안 콧노래가 절로 나왔습니다.

그렇게 몇 해가 흘러가고,

그가 오가는 길에 온갖 꽃들이 앞다투어 피어났습니다.

더 이상 황량하거나 쓸쓸한 풍경은 찾아볼 수 없었습니다.

사시사철 꽃들이 만발한 아름다운 길을 오가는 요한은

세상에서 가장 아름답고,
세상에서 가장 행복한 우체부가 되었습니다.

세상을 변화시키는
가장 빠르고 확실한 방법,
그것은 바로 나부터 변하는 것입니다.

침묵의 지혜

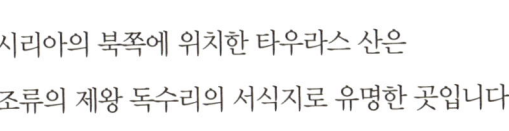

시리아의 북쪽에 위치한 타우라스 산은

조류의 제왕 독수리의 서식지로 유명한 곳입니다.

이곳의 독수리들은

타우라스 산을 넘어가는 두루미들을 공격해서

허기진 배를 채웠습니다.

그런데 독수리에게 잡아먹히는 두루미들에게는

공통된 특징이 있다고 합니다.

하나같이 요란스런 소리를 내며 산을 넘어산다는 것입니다.

두루미는 원래 요란스럽게 떠드는 습성을 가지고 있어서

하늘을 날아서 이동할 때도 시끄러운 소리를 내는데,

그 소리가 독수리에게는 먹잇감을 알려주는

좋은 신호라고 합니다.

하지만 나이든 두루미들은

산을 넘는 동안 대부분 살아남는다고 합니다.

나이든 두루미의 생존 비결은 무엇일까요?

나이든 두루미들은 소리를 내지 않기 위해

돌멩이를 하나씩 입에 물고 하늘을 날아오른다고 합니다.

입에 문 돌의 무게만큼 무거운 침묵이

두루미를 안전하게 만들어주는 것입니다.

때론 침묵이 말보다 값진 것이 되기도 합니다.

함부로 내뱉은 말은 상대방을 공격하게 되고,

상대방이 나를 공격하게 만드는 원인이 되어 돌아옵니다.

사람의 입은 하나인데 귀가 둘인 이유는

말을 아끼고 타인의 말에 두 배로 귀 기울이라는 뜻입니다.

결단의 힘

1908년,

삼류잡지의 무명 기자였던 나폴레온 힐이

강철왕 카네기를 취재하는 행운을 얻었습니다.

그것도 무려 사흘 동안이나 카네기의 집에서 함께 지내며

집중 취재를 하게 되었습니다.

취재 마지막 날,

나폴레온 힐은 카네기로부터 뜻밖의 제안을 받게 됩니다.

"자네, 성공한 사람들의 성공 비결을 취재해서 책으로 출간해 볼 생각 있나? 자네만 좋다면 앞으로 20년 동안 성공한 사람들 500명을 직접 소개해 주겠네. 단 소개는 해줄 수 있지만 경제적인 지원은 한 푼도 할 수 없네. 어떤가? 한

번 해볼 텐가?"

뜻밖의 제안에 나폴레온 힐은 잠시 망설였습니다.
세계적인 명사들을 카네기를 통해 직접 소개받는다는 것은
분명 엄청난 행운이었지만,
20년에 걸친 큰 작업이 될 것이기에
경제적인 부분도 무시할 수는 없었습니다.
하지만 나폴레온 힐은 더 망설이지 않고 대답했습니다.
"한 번 해보겠습니다."
카네기는 그의 대답에 미소를 지으며 말했습니다.
"자네가 이 위대한 결단을 내리는 데 정확히 29초가 걸렸
네. 만약 1분을 넘겼다면 나는 이 일을 자네에게 맡기지 않
았을 걸세."

29초 만에 카네기의 제안을 수락한 나폴레온 힐은
20년 동안 507명의 명사들을 소개받아서 취재를 마쳤고,
그렇게 해서 탄생한 책이 40여 년 동안 5천만 부 이상 팔린
『생각하라. 그리고 부자가 되라(Think and Grow Rich)』입니다.

카네기는 나폴레온 힐을 만나기 전까지

무려 259명에게 똑같은 제안을 했다고 합니다.

그 중에서 1분 안에 대답을 한 사람은 오직 한 사람,

나폴레온 힐뿐이었다고 합니다.

신중하지만 빠른 결단으로 행운을 거머쥔 나폴레온 힐.

훗날 그는 이렇게 말합니다.

"우유부단이야말로 성공을 가로막는 최대의 적이며,

성공하는 사람들은 신속한 결단력의 소유자다."

호빙효과

뒤늦게 자신의 능력을 인정받고 자신감을 회복하는 것을
심리학 용어로 '호빙효과'라고 부릅니다.

미국 프린스턴 대학의 낙제생이었던 토머스 호빙.
그는 퇴학만은 면해야겠다는 다급한 심정으로
평소에는 관심도 없었던 조각수업을 수강 신청했습니다.
수업 첫날,
담당 교수는 낯선 물건 하나를 꺼내들고는 학생들에게
그 물건의 예술적 가치를 평가해보라고 했습니다.
모두들 미대생답게 다양한 상상력과 전문용어들을 동원해서
그 물건의 예술적 가치에 대한 다양한 의견을 쏟아냈습니다.
하지만 미술에 문외한이었던 호빙의 눈에는

아무리 보아도 그것이 예술품으로는 보이지 않았습니다.

마침내 호빙의 차례가 왔고 그는 솔직하게 말했습니다.

"글쎄요, 제 눈에는 그냥 기계 같은데요. 어딘가에 쓰이는 공구 같기도 하고……."

호빙의 대답에 여기저기서 웃음이 터져 나왔습니다.

그런데 교수는 호빙에게 뜻밖의 칭찬을 해주었습니다.

"자넨 사물을 꿰뚫어 보는 특별한 통찰력을 가졌군. 솔직하고 꾸밈없이 말하는 태도도 아주 훌륭해."

실제로 그날 교수가 학생들에게 보여준 물건은 산부인과 병원에서 사용하는 기계였다고 합니다.

이 날 교수의 칭찬 한 마디는 호빙의 인생에 일대 전환점이 되었습니다. 칭찬에 고무된 호빙은 전공을 미술로 바꾸었고, 몇 년 후 예술 감정사로 성공하게 된 것입니다.

말 한 마디가

한 사람의 일생을 바꿔놓을 수 있습니다.

긍정적인 말, 칭찬의 말이 있는 곳엔

반드시 긍정적인 변화가 찾아듭니다.

노인과 젊은이의 차이

'나이가 들어 늙은 사람.'
국어사전에 나오는 노인에 대한 정의입니다.

'호기심도 이상도 없이
매사에 무관심으로 영혼이 주름진 사람.'
미국 미네소타 주 의학협회에서 내린
노인에 대한 정의입니다.

그 정의에 따르면 노인들은
다음과 같은 7가지 성향을 보인다고 합니다.

1. 스스로가 늙었다고 느낀다.

2. 배울 만큼 배웠다고 생각한다.

3. "이 나이에 그깟 일은 뭐 하려고 …"

   라고 입버릇처럼 말한다.

4. 내일은 기약할 수 없다고 생각한다.

5. 젊은이들의 활동에 아무런 관심이 없다.

6. 듣는 것보다 말하는 것이 좋다.

7. 좋았던 시절을 그리워한다.

재미있는 사실은

미네소타 주 의학협회가 내린 노인에 대한 정의에

나이는 들어있지 않았다는 것입니다.

어느 광고 카피처럼

나이는 숫자에 불과합니다.

"당신은 노인입니까, 젊은이입니까?"

사람의 마음을 움직이게 하는 것

마가렛 미첼은 그의 나이 스물여섯에

불의의 사고로 다리를 다쳤고

그 때문에 신문사를 그만두어야 했습니다.

그녀는 병상에서 소설을 쓰기 시작했고

10여 년 만에 원고를 탈고했습니다.

그 소설의 제목은 『바람과 함께 사라지다』였습니다.

그 후 그녀는,

무려 3년 동안 수많은 출판사의 문을 두드렸지만

아무도 그녀의 소실에 관심을 가지지 않았습니다.

어느 날, 밀런 출판사를 찾아갔을 때

레이슨 편집장은 출장차 기차역으로 떠나고 없었습니다.

미첼은 원고를 들고 무작정 기차역으로 달려갔고

가까스로 레이슨 편집장에게 원고를 전할 수 있었습니다.

"제발 한 번만 제 원고를 읽어주세요."

하지만 레이슨은 기차에 오르자마자 원고를 한쪽에 내던졌습니다.

잠시 후 승무원이 레이슨에게 전보 한 통을 전했습니다.

"한 번만 읽어주세요. 미첼 올림."

이번에도 레이슨은 원고더미를 흘깃 쳐다볼 뿐이었습니다.

얼마 후 다시 승무원이 다가와

똑같은 내용의 전보를 전했습니다.

세 번째 전보가 도착한 뒤에야

레이슨은 그 원고를 끌어당겨 펼쳐보기 시작했습니다.

그리고 그는 금세 원고에 빠져들었고,

그 때문에 목적지마저 지나치고 말았습니다.

만약 마가렛 미첼이

기차에 오른 레이슨에게 전보를 보내지 않았다면,

아니 전보를 두 번만 보내고 말았다면,
어쩌면 명작 『바람과 함께 사라지다』는
영원히 세상에 나오지 못했을지도 모릅니다.

간절한 염원에는
사람의 마음을 움직이고 세상을 움직이는
힘이 있습니다.

감사의 힘

남아프리카공화국의 첫 흑인 대통령이자
노벨평화상 수상자인 넬슨 만델라.
그는 27년 동안 감옥살이를 한 대통령으로도 유명합니다.

그가 오랜 감옥살이를 마치고 출소하던 날,
세계 각국의 외신기자들이 몰려와 취재경쟁을 벌였습니다.
칠순을 넘긴 나이에도 건강한 모습으로 출소하는 만델라에게
한 기자가 질문을 했습니다.
"27년간 옥살이를 했는데도 어떻게 이처럼 건강할 수 있습
니까?"
그러자 만델라는 웃으면서 이렇게 대답했습니다.
"저는 감옥에서도 항상 감사의 마음을 잊지 않았습니다.

하늘, 땅, 물 어느 것 하나 감사하지 않은 것이 없었습니다. 강제노역을 할 때도 감사한 마음으로 했습니다. 그렇잖아도 운동량이 부족한데 강제노역이라는 명목으로 운동까지 시켜주니 얼마나 감사한 일입니까?"

끝을 가늠할 수 없는 지옥 같은 상황 속에서도
결코 감사의 마음을 잃지 않았던 넬슨 만델라.
출소 후 대통령에 당선되고
노벨평화상까지 수상한 기적 같은 그의 삶은
오직 감사의 힘으로 이루어낸 것이었습니다.

기적은 항상 우리 주변에 있습니다.
작고 사소한 일에도 감사하는 마음이 바로 기적입니다.
작은 감사가 큰 감사로 이어지고
작은 기적들이 모여 큰 기적을 이루어냅니다.

모든 것은 작고 사소한 것에서부터 시작됩니다.

두 얼굴을 가진 위기危機

'땅콩의 수도'로 불리는

미국 앨라배마 주의 작은 마을 엔터프라이즈.

그 마을의 입구에 세워진 목화바구미 기념탑에는

다음과 같은 글이 새겨져 있습니다.

"우리는 목화를 갉아 먹었던 목화바구미(Boll Weevil)에 감사한

다. 그날의 시련이 없었더라면 우리는 오늘의 풍요를 누릴 수 없

었을 것이다. 목화벌레여, 그대들이 준 고난에 감사하노라."

1895년,

목화 재배로 유명했던 이 마을에 재앙이 닥쳤습니다.

원인을 알 수 없는 목화바구미가 들끓기 시작한 것입니다.

주 수입원이었던 목화 생산량은 절반 이하로 떨어졌고
엎친 데 덮친 격으로 마을에 전염병까지 발생했습니다.
마을은 순식간에 절망과 암흑에 빠지고 말았습니다.

모든 사람들이 망연자실 탄식만 하고 있던 그때,
마을 주민 몇 사람이 들판에 나가 목화를 뽑아내고
그 자리에 땅콩을 심기 시작했습니다.

그리고 20년 후,
엔터프라이즈는 세계적인 땅콩 생산지로 다시 태어났고
예전보다 훨씬 더 부유한 마을이 되었습니다.

목화바구미가 없었더라면 마을은 어떻게 되었을까요?
산업혁명으로 화학모직이 개발되면서
목화산업은 금세 사양 산업이 되고 말았습니다.
목화바구미가 창궐하지 않았더라노
엔터프라이즈 마을은 결국 위기에 봉착했을 것입니다.
목화바구미의 재앙을 피하기 위해

목화 대신 땅콩을 심은 일이

오히려 위기를 기회로 바꾸어 놓은 것입니다.

위기(危機)라는 한자는

위험과 기회의 합성어입니다.

우리 앞에 닥친 위험은

우리에게 주어진 기회의 또 다른 모습입니다.

가슴 뛰는 삶

심장의 무게는 불과 300그램에 불과하지만
하루에 10만 번 이상의 박동으로
우리의 생명을 이어가고 있습니다.
그렇게 심장에서 내보낸 피는 혈관을 타고
하루에 무려 2억 7천만 킬로미터를 여행합니다.

뇌의 무게는 평균적으로 1,300그램이지만
그 안에 140억 개의 신경세포를 가지고 있고,
그 중에 하루 동안 700만 개의 세포를 움직여서
인간을 최고의 영장류로 존재하게 만들어 줍니다.

약 70만 개의 신경섬유로 이루어진 시신경은

눈에 들어오는 1억 3천 2백만 건의 정보를
뇌에 전달합니다.

약 3,000cc의 폐활량을 가진 허파는
하루에 2만 3천 번 숨을 쉬고,
평균 길이 8센티미터인 혀는
하루에 보통 4,800개의 단어를 내뱉는다고 합니다.

우리 몸의 각 부분은 크고 작음을 떠나서
지금 이 순간에도 각자의 역할을 성실히 수행하고 있습니다.
그 몸의 주인인 우리는 어떤가요?

우리는,
하루에 몇 번이나
가슴이 뛰고 피가 끓는 삶을 살고 있을까요?

호스센스 Horse Sense

세계적인 마케팅의 거장 잭 트라우트는
성공하려면 '호스센스'를 가지라고 말합니다.
성공의 기회를 알아채는 감각을
승마에서 좋은 말을 고르는 센스에 비유해서 한 말입니다.

그는 성공한 사람들의 공통점은 모두 주변을 둘러보고
성공으로 가는 말을 알아보는
특유의 관찰력을 갖고 있다고 주장합니다.
밖에 있는 성공요인을 알아보는 눈이야말로
정상으로 가는 중요한 자질이라는 것입니다.
성공하기 위해서는 자신의 부족한 부분을 채워줄
나만의 성공 파트너를 구해야 하며,

그가 바로 성공을 향해 질주하는
내 인생의 좋은 말이 되어줄 것이라고 합니다.

명실공히 세계인의 음료로 불리는 코카콜라는
1886년 존 펨퍼턴 박사가 만든 청량음료였습니다.
약국을 운영하던 존 펨퍼턴 박사는
자신이 만들어낸 음료의 잠재성을 알아보지 못하고
1888년 아사 캔들러라는 도매상에게 우리 돈 120만 원에
그 제조 비법을 팔아버리고 맙니다.
120만 원에 새로운 제조 비법을 사들인 아사 캔들러는
그 음료에 '코카콜라'라는 상표를 붙여서 시장에 출시했고
대성공을 거두었습니다.

훗날 애틀랜타 시장자리까지 오른 아사 캔들러에게는
남다른 호스센스가 있었고,
그의 성공을 앞당긴 성공 마馬는
바로 코카콜라 제조 비법이었습니다.

마이크로소프트의 최고경영자(CEO) 스티브 발머에게는

빌 게이츠가,

폴 메카트니에게는

사업가 브라이언 엡스타인이 바로 성공 마馬였습니다.

자신을 한 번 들여다보세요.

'과연 나에게도 호스센스가 있는가?'

주변을 한 번 돌아보세요.

'과연 나의 성공 마는 누구인가?'

행운의 두 얼굴

가난, 허약체질, 무학無學.

'경영의 신'이라 불리는 마쓰시타 고노스케는
위 3가지를 자신의 인생에서 만난 행운으로 꼽았습니다.
누가 봐도 불행이라고 불러야 할 악조건을
그는 최고의 행운이라고 강조합니다.

"저는 가난한 집안에서 태어난 덕분에
어릴 때부터 갖가지 힘든 일을 하며
세상살이에 필요한 경험을 쌓았습니다.
그리고 태어날 때부터 허약한 아이였던 덕분에
운동을 시작해 건강을 유지할 수 있었습니다.

또 저는 학교를 제대로 마치지 못했던 덕분에
만나는 모든 사람이 제 선생이어서 모르면 묻고 배우면
익혔습니다."

마쓰시타는 열한 살 때 부모를 잃고
초등학교 4학년 때부터 화로가게 점원으로 일하면서,
밤마다 어머니 생각에 하염없이 눈물을 흘렸습니다.
화로가게가 문을 닫자, 자전거 가게 점원으로 취직해서
17살 때까지 일했습니다.

22살에 창업한 '마쓰시타전기'를
세계 굴지의 기업으로 키워낸 마쓰시타 고노스케.
그의 성공 요인은
타고난 불운도 행운으로 바꾸는
그만의 특별한 능력에 있습니다.

행운은
항상 미소 띤 얼굴로 찾아오는 것이 아닙니다.

때로는 불운의 모습으로,

때로는 슬픔과 절망의 얼굴을 하고 나타나기도 합니다.

하지만 그 속에서도 행운의 모습을 찾아낸다면

그것은 더 이상 불운도 슬픔도 절망도 아닙니다.

둥지 없는 새

눈 덮인 북쪽 산 속에

새 한 마리가 살고 있었습니다.

새는 둥지도 없이 여기저기 옮겨 다니며 살았습니다.

밤이 되면 그 새는 살을 에는 추위에 떨면서

날이 밝으면 반드시 따뜻한 둥지를 만들겠다고 다짐했습니다.

하지만 다음날 날이 밝았을 때,

새는 둥지를 만들겠다는 생각은 까맣게 잊어 버렸습니다.

추위 때문에 밤새 잠을 못 이룬 것만을 생각하며

하루 종일 따사로운 햇살 아래서 낮잠만 잤습니다.

다시 밤이 찾아왔고

새는 또다시 추위에 떨면서
내일은 꼭 둥지를 만들겠다고 굳은 각오를 했습니다.

하지만 다음날도
새는 양지바른 곳에서 온종일 잠에 취해 있었습니다.

새는 그렇게
매일 밤 후회와 탄식을 늘어놓으며
평생을 둥지 없이 살다 갔습니다.

오늘 생각한 것을 오늘 행하지 않으면
내일도 오늘처럼 살 수밖에 없습니다.

내일은,
오늘 내가 생각하고
오늘 내가 행한 결과입니다.

역사적인 청소

아폴로 우주선의 달 착륙을 준비하던 1969년,

케네디 대통령이

미항공우주국(NASA)을 방문했을 때의 일화입니다.

복도에서 마주친 청소부에게

케네디 대통령이 상냥하게 인사를 건넸습니다.

"청소하느라 힘드시죠?"

그러자 청소부는 밝은 목소리로 대답했습니다.

"아뇨, 하나도 힘들지 않습니다. 세가 하는 이 일이 인류

최초의 달 착륙이라는 역사적인 일을 돕는 일인 걸요."

세상에 사소한 일이란 없습니다.

매사를 사소하게 생각하는

사소한 사람들이 있을 뿐입니다.

생각의 결과

'혼다기연공업'이라는 작은 공장 하나를
세계적인 기업 '혼다'로 키워낸 혼다 소이치로.

이륜차를 본격적으로 생산하기 시작했을 때 그는
이륜차 경주 대회에서 자신들이 우승할 것이라는 소문을
퍼뜨리고 다녔습니다.
사륜 자동차 사업을 시작했을 때에는
F1 그랑프리 대회에서 우승하겠다고 호언장담했습니다.

몇 년 후,
놀랍게도 혼다 소이치로는
자신이 만들어낸 소문을 현실로 만들었습니다.

"인생은 그 사람이 생각한 결과이다."
빌헬름 분트와 함께 근대 심리학의 창시자로 불리는
윌리엄 제임스의 말입니다.

어떤 사람이 커다란 업적을 이루는 것은
다른 사람보다 몇 배나 노력한 결과라기보다는
커다란 결과를 생각하기 때문이라고 합니다.

똑같은 벽돌쌓기를 하면서도
어떤 이는 노동을 하고 있고,
어떤 이는 건축을 하고 있으며,
또 어떤 이는 도시를 건설하고 있습니다.

울기 때문에 슬픈 것이다

스트레스 학설을 창시한 한스 세리에 박사.

어린 시절 그가 길가에 주저앉아 울고 있을 때,

그의 할머니가 다가와 등을 토닥이며 이렇게 말했습니다.

"한스야, 울지 마라. 울기 때문에 슬픈 거란다."

이 한 마디가 소년 한스를

스트레스 학설의 창시자 한스 세리에 박사로 만들었다고

합니다.

한스 세리에 박사는 말합니다.

"슬프기 때문에 우는 것이 아니라 울기 때문에 슬픈 것이다."

누구에게나 슬픈 일은 생길 수 있습니다.
중요한 것은 그 슬픔을 어떻게 받아들이느냐는 것입니다.

같은 장미 나무를 보면서도
어떤 사람은 가시를 먼저 보고
어떤 사람은 꽃을 먼저 봅니다.

행복도 마찬가지입니다.
행복해서 웃는 것이 아니라
웃기 때문에 행복한 것입니다.

겸손의 힘

교육자이자 흑인 지도자였던 부커 T. 워싱턴.
그는 버지니아 주 프랭클린 카운티에서
백인 아버지와 노예 신분인 어머니 사이에서 태어나
노예로 성장했습니다.

훗날 그가 대학교 총장으로 취임한 후
동네를 산책하다가 어느 백인 부인과 마주쳤습니다.
그 부인은 부커에게
일당을 줄 테니 장작을 패달라고 부탁했고,
그는 흔쾌히 그 부인의 부탁을 들어주었습니다.
열심히 장작을 패서 벽난로 옆에 차곡차곡 쌓고 있는데
뒤늦게 나타난 그 집 하녀가 그를 알아보았습니다.

하녀는 주인인 백인 부인에게 그 사실을 알려주었다.

다음 날,
자신의 실수를 깨달은 백인 부인은
대학 총장실로 찾아가 진심으로 사과를 했습니다.
부커 총장은 부인을 안심시키며 이렇게 말했습니다.
"괜찮습니다. 저는 가끔 가벼운 육체노동을 즐깁니다.
운동도 되고, 또 그것으로 이웃을 도울 수 있다면 얼마나
기쁜 일입니까?"

도움을 필요로 하는 사람을 위해
자신의 신분 따위에 연연하지 않고
흔쾌히 팔을 걷어붙이고 장작을 팬 부커 워싱턴.
그가 많은 사람들에게 존경 받는 이유는
노예로 성장해서 대학 총장까지 오른 성공 신화보다
늘 자신을 낮추고 버릴 줄 아는 겸손함 때문입니다.

화를 내는 동안…

1940년대를 주름잡았던 복싱 헤비급의 전설

조 루이스(Joe Louis, 미국).

그는 '갈색 폭격기'라는 애칭답게

링 위에서는 용맹 그 자체였습니다.

어느 날,

친구와 함께 자전거를 타고 가던 루이스는

화물차에 부딪히는 사고를 당했습니다.

그런데 사고를 낸 화물차 기사는 차에서 내리자마자

루이스를 향해 화를 내며 욕설을 퍼부었습니다.

루이스의 안전 여부는 안중에도 없었습니다.

루이스는 황당했지만 크게 다친 데도 없어서

화물차 기사를 안심시키고 그냥 돌려보냈습니다.

이 상황을 지켜보고 있던 친구가 물었습니다.
"여보게, 그런 욕을 듣고도 왜 가만히 있었던 건가? 저런 사람은 제대로 손 좀 봐줘야지. 그 주먹은 뒀다가 어디에 쓸 거야?"
그러자 루이스는 웃으며 말했습니다.
"그럼 만약에 어떤 성악가가 누군가에게 모욕을 당했을 땐 그 사람에게 노래라도 들려줘야 한단 말인가?"
그 말에 친구는 말문이 막혀버렸습니다.

"네가 옳다면 화낼 필요가 없고,
네가 틀렸다면 화낼 자격이 없다."

간디의 명언입니다.
화낼 자격도 없는 자가 화를 낸다고 맞대응한다면
결국 나 역시 그와 똑같은 사람으로 전락하게 되고,
화를 낸 시간보다 더 많은

내 안의 평화와 행복을 잃게 됩니다.

에머슨은 말합니다.
"화가 나 있는 1분 동안 우리는 60초 동안의
행복을 잃는다."

내가 못나고
힘이 없어서 참는 것이 아닙니다.
화내는 것보다 소중한 나의 행복이 있기에
당당히 참아낼 수 있는 것입니다.

화를 다스리는 지혜

남북전쟁이 한창이던 어느 날,

링컨 대통령 집무실로 스탠튼 비서관이 찾아왔습니다.

그는 육군소장이 자신에 대한 험담을 하고 다닌다며

링컨에게 푸념을 늘어놓았습니다.

링컨은 당장 그 마음을 편지로 써서 되갚아 주라고 조언을

해줬습니다.

스탠튼은 링컨의 말대로 자신의 감정을 담은 편지를 써서

보여주었습니다.

"바로 이거야, 스탠튼. 아주 좋아! 자네가 소장에게 제대로

본때를 보여준 거야."

하지만 스탠튼이 그 편지를 봉투에 넣고 봉인을 하려하자

링컨은 그를 만류하며 이렇게 말했습니다.

"스탠튼, 이 편지는 얼른 난로 속에 던져 버리게.

이 편지를 쓰는 동안 자네의 화도 이미 풀리지 않았나?

나도 누군가에게 화가 날 때는 이렇게 편지를 써서 난로 속

에 던져 버리곤 한다네.

그 편지는 태워 버리고 이제 두 번째 편지를 써 보게."

화가 나면 누구나 순간적인 감정에 휩쓸려

합리적인 사고나 판단을 하기가 어렵고,

그러다보니 감정적으로 일을 처리하게 됩니다.

감정적인 일처리는 반드시 큰 후회를 남기게 됩니다.

화가 날 때는 심호흡을 크게 한 번 하고

마음을 다스려 봅시다.

잠시만 멈춰 서서 생각하고

한 발짝만 물러나서 바라보면

문제의 본질이 보이고 마음속에 지혜가 찾아듭니다.

가장 반가운 소식

아르헨티나의 골프 영웅 로베르토 데 빈센조.
그는 1967년 브리티시오픈을 비롯해
미국PGA투어에서 6승을 거뒀고,
세계 골프대회에서 통산 231승을 올린 대 선수였습니다.

하루는 그가 대회에서 우승을 하고 주차장으로 향하는데
한 젊은 여자가 그에게 다가왔습니다.
그녀는 빈센조에게 축하 인사를 건넨 후,
자신의 아이가 병에 걸려 사경을 헤매고 있는데
병원비가 없어서 치료를 받을 수 없다며 도움을 요청했습니다.
일면식도 없던 여자였지만 사정을 딱하게 여긴 빈센조는
그날 받은 우승 상금 전액을 그녀에게 선뜻 건네주었고

위로의 말도 잊지 않았습니다.

"부디 당신의 아이가 쾌차하기를 빕니다."

며칠 후 오찬 모임에 참석했던 빈센조는

골프협회 임원으로부터 충격적인 소식을 전해 들었습니다.

며칠 전 우승 상금을 받아갔던 그 여자에겐

병에 걸린 아이가 없을 뿐만 아니라

아직 결혼조차 하지 않은

전문적인 사기꾼이라는 이야기였습니다.

하지만 빈센조는 탄식 대신 안도의 한숨을 내쉬며 이렇게

말했습니다.

"그래? 다행이군. 지난 일주일 동안 들은 소식 중에 가장

반가운 소식이네."

빈센조는 사기당한 우승 상금을 아까워하기보다

중병에 걸린 아이가 없다는 사실에 기뻐했던 것입니다.

황금보다 빛나는 소중한 삶의 가치를 품고 살았던 빈센조.

그는 진정한 챔피언이었습니다.

설득의 기술

지금은 고인이 된 스티브 잡스가

어느 날 매킨토시 운영체제 개발자 래리 케니언을 찾아가

매킨토시의 부팅 시간을 단축시켜 달라고 했습니다.

하지만 케니언은 곤란하다는 말만 되풀이했습니다.

"이보게, 케니언. 만약 한 사람의 목숨을 구할 수 있다면

부팅시간을 10초라도 줄일 수 있는 방법을 찾아볼 텐가?"

그 말에 케니언은 조금 긍정적인 반응을 보였고,

고무된 잡스는 계속해서 말을 이어갔습니다.

"만약에 말일세, 500만 명의 사용자가 매일 매킨토시를 부

팅하는 데 10초씩만 줄일 수 있다면 연간 3억 시간이나 절

약할 수 있게 된다네."

인간의 평균수명을 70세로 가정했을 때,

3억 시간은 사람 100명의 일생과 맞먹는 시간입니다.

잡스의 설득에 마음이 움직인 케니언은

곧바로 연구에 돌입했고,

몇 주 후, 부팅시간을 28초나 앞당길 수 있었습니다.

누구보다 일에 대한 열정이 강했던 스티브 잡스.

그는 뜨거운 열정만큼 사람을 설득하고

동기를 부여하는 데에도 탁월한 능력을 발휘했습니다.

설득의 고수가 될 수 있었던 잡스만의 노하우는

당장 눈앞의 수익보다는 사용자의 입장을 먼저 생각했던

그의 진심어린 마음이었습니다.

발상의 전환

남아프리카공화국 보건 당국은 유행성 전염병이 돌자
전국적으로 '손 씻기 캠페인'을 벌이면서
아이들에게 장난감이 들어있는 비누를 보급해 주었습니다.
빈민가 아이들은 장난감을 가지고 놀고 싶은 마음에
보급 받은 비누로 열심히 손 씻기를 했고,
그 덕분에 유행성 전염병의 감염률이
무려 70%나 감소했다고 합니다.

호주의 한 공중전화기 제조 회사는
긴 통화시간 때문에 줄을 선 공중전화 이용객들이 늘어나자
공중전화의 수화기를 전면 교체하였습니다.
납을 넣어서 무겁게 만든 수화기로 바꾼 것입니다.

그러자 놀랍게도 이용자의 평균 통화시간이 줄어들었고
공중전화 부스 앞에 길게 늘어섰던 줄도 사라졌다고 합니다.

일본의 한 빌딩에 입주자들의 민원이 빗발쳤습니다.
엘리베이터가 너무 작아서 불편하다는 것이었습니다.
그렇다고 엘리베이터를 교체하기는 쉽지 않은 일이었고,
입주자들의 민원에 시달리던 빌딩 주인은 고민 끝에
엘리베이터 내부에 거울을 설치했습니다.
단지 거울 하나 설치했을 뿐인데
다음 날부터 거짓말처럼 민원이 사라졌습니다.
거울 때문에 내부가 넓어 보이는 효과도 있었지만
그것보다 거울에 비친 자신들의 모습을 살피느라
엘리베이터가 좁다는 생각을 잊어버린 것입니다.

프랑스의 남부 도시 니스에는
'라 프티트 시라'라는 특별한 카페가 있다고 합니다.
그 카페에서는 커피 한 잔의 가격이
고객이 주문하는 멘트에 따라 달라진다고 합니다.

"커피 한 잔."이라고 말하면 커피 값이 7유로이고,
"커피 한 잔 주세요."라고 하면 4.2유로,
"안녕하세요? 커피 한 잔 주세요."라고 말하면
단돈 1.40유로에 커피를 마실 수 있다고 합니다.

눈치채셨어요?
상냥하고 공손한 말씨로 주문하는 손님에게
가장 싼 가격에 커피를 제공하고 있는 것입니다.
종업원도 손님처럼 존중받아야 한다는 것이
이 카페의 경영철학인 것입니다.

생각을 조금만 바꾸면
전혀 다른 세상이 눈앞에 펼쳐집니다.
세상을 바꾸는 가장 쉽고도 좋은 방법은
나의 생각, 나의 시선을 바꾸는 것입니다.

겸손은 힘들어

조선시대 세종 때의 명신名臣 맹사성은

열아홉 나이에 과거시험에 장원급제를 하였고,

이듬해에 경기도 파주 군수 직에 올랐습니다.

어느 날 감악산에 행차했던 맹사성은

근처 암자에 머물고 있다는 고승을 찾아가 물었습니다.

"한 고을을 다스리는 수령은 무엇을 최고의 가치로 삼아야

합니까?"

그러자 고승은 이렇게 대답했습니다.

"간단합니다. 나쁜 일 하지 않고 착한 일을 많이 하시면 됩

니다."

뭔가 큰 가르침을 기대했던 맹사성은

그 대답에 크게 실망하고는 자리를 털고 일어났습니다.

고승은 그런 맹사성을 잡아 앉히고
차나 한 잔 하고 가라고 했습니다.
맹사성이 자리에 앉자 고승은 차를 따라주었습니다.
그런데 찻잔이 넘쳐흐르도록
고승은 차 따르기를 멈추지 않았습니다.
마침내 찻물이 넘쳐 바닥까지 흥건하게 적시자
불쾌해진 맹사성이 언성을 높였습니다.
"스님, 지금 무엇 하시는 겁니까? 찻물이 넘쳐 바닥까지 다
젖었잖습니까?"
그러자 고승은 미소를 머금은 채 이렇게 말했습니다.
"찻물이 넘쳐 바닥까지 적시는 것은 알면서 지식이 넘쳐
자신의 인품을 망치는 것은 왜 모르십니까?"
고승의 한 마디에 부끄러워진 맹사성은 황급히 방을 빠져
나가려다가 문기둥에 머리를 부딪쳤습니다.
고승은 앉은 채로 한 마디를 더 보탰습니다.

"매사에 고개를 숙이면 부딪치는 법이 없답니다."

그날 이후 맹사성은 모든 일에 자신을 낮추려고 노력했고,
청렴한 생활로 많은 사람들의 본보기가 되었습니다.

조영남의 노랫말처럼
겸손은 참 힘들고 어렵습니다.

마부작침 磨斧作針

당나라 시선詩仙으로 불린 이백은
서역의 무역상이던 아버지를 따라서
다섯 살 때부터 촉나라의 성도에서 자랐습니다.
그는 10살이 되면서부터 탁월한 글 솜씨를 발휘했고,
새로운 스승을 찾아서 상의산 산골까지 들어가
학문에 정진하게 되었습니다.

그러던 어느 날, 공부에 싫증이 난 이백은
마침내 산을 내려가기로 마음먹었습니다.
스승에게 인사도 없이 하산하던 이백은
냇가에서 바위에 뭔가를 갈고 있는 노파를 만났습니다.
"이보시오, 지금 거기서 무엇을 하고 계시오?"

"도끼를 갈아서 바늘을 만드는 중이라오."

노파의 말에 기가 막힌 이백은 크게 웃으며 물었습니다.

"어느 세월에 도끼를 갈아서 바늘을 만든단 말씀이오?"

노파는 가만히 이백을 한번 쳐다보고는

진지한 목소리로 말했습니다.

"중도에 그만두지만 않는다면 언젠가는 이 도끼로 바늘을

만들 수가 있답니다."

순간 이백은 둔기로 머리를 맞은 듯 충격에 빠졌고,

그 자리에서 무릎을 꿇고 노파에게 큰 절을 올린 후

다시 산으로 돌아가 공부에 전념하게 되었습니다.

마부작침磨斧作針,

도끼를 갈아서 바늘을 만든다는 뜻입니다.

아무리 힘들고 어려운 일이라도 끈기 있게 매달리면

반드시 이룰 수 있다는 의미로 쓰입니다.

도끼를 갈아서 바늘을 만들 정도의 정성과 노력이라면

이 세상에 불가능한 일이 있을까요?

'어리석은 사람이 산을 옮긴다'는 말도 있습니다.

조금은 모자란 듯 보이지만

우직하게 한 가지 일에 집중하다보면

태산도 옮길 수 있다는 말입니다.

세월은 항상

인내하는 자, 기다리는 자의 편입니다.

승리하게 되는 사람

세계적인 골퍼 아놀드 파머의 집에

오랫동안 경쟁관계였던 잭 니클라우스가 찾아왔습니다.

잭 니클라우스는 낡고 초라한 우승컵 하나를 발견하고는

아놀드 파머에게 물었습니다.

"그동안 수많은 대회에서 받은 우승 트로피는 다 어디에

둔 거요?"

"이게 내가 가진 트로피의 전붑니다. 그동안 수많은 대회

에서 우승하면서 수백 개의 트로피를 받았지만 나에게

의미 있는 건 여기 있는 이 트로피뿐이랍니다.

이 트로피는 내가 프로선수가 되고나서 처음 출전한 대회

에서 받은 우승컵입니다. 나는 이 트로피를 볼 때마다 그때

의 결심을 떠올리곤 하죠. 그리고 힘들 때마다 트로피에

새겨진 글귀를 보면서 마음을 다잡곤 한답니다."

그 우승트로피 하단에는
다음과 같은 글귀가 새겨져 있었습니다.

"만약 당신이 패배했다고 생각하면 당신은 패배한 것이다.
만약 당신이 패배하지 않았다고 생각하면 당신은 패배한것
이 아니다. 인생의 전쟁은 강한 사람이나 빠른 사람에게 항
상 승리를 안겨주지 않을 것이다. 조만간 승리하게 되는 사
람은 자기가 할 수 있다고 생각하는 사람이다."

낡고 오래된 우승컵을 바라보며 초심을 되새기고,
할 수 있다는 긍정의 마인드를 끊임없이 일깨웠던
아놀드 파머.
그가 골프계의 전설로 남을 수 있었던 비결이
거기에 있었습니다.

아침 생각

엮은이 l 곽동언
펴낸이 l 우지형

인 쇄 l 하정문화사
제 본 l 동호문화
일러스트 l 방승조
디자인 l Gem

펴낸곳 l 나무한그루
주소 l 서울시 마포구 독막로 10, 성지빌딩 713호
전화 l (02)333-9028 팩스 l (02)333-9038
E-mail l namuhanguru@empal.com
출판등록 제313-2004-000156호

ISBN 978-89-91824-46-1   03810
값 3,800원

이 도서의 국립중앙도서관 출판시도서목록(CIP)은
서지정보유통지원시스템 홈페이지(http://seoji.nl.go.kr)와
국가자료공동목록시스템(http://www.nl.go.kr/kolisnet)에서 이용하실 수 있습니다.
(CIP제어번호: CIP2014026744)